渡过自己的海底

李元胜 著

陕西新华出版
太白文艺出版社·西安

果麦文化 出品

避风港

又见野百合	3
日常课	5
给	6
三尾灰蝶	7
半生所得	8
束河	9
银杏	11
春天颂	12
柳下别	14
夜深人静时	16
我们的爱	18
十一月的银杏树	20
顶喙凤仙花	22
给	24
对茶	25
柚子之想	27
合身的书	28

樱花之忆	29
冬日读帖	31
风景	32
少数花园咖啡馆	33
终日阅读的人	34
你偏爱的词构成了你	35
湖畔之夜	36
闲读杂记	37
在渡口写作	38
被遗忘的水井	40
落日	42
钝裂银莲花	44
我们的爱	45
你的爱并未消逝	46
给	47
无人借阅的图书管理员	48
壬寅春日读帖	50
给	51
日复一日	52
黄草坪	53
四面山的黄昏	55
给	56
有一些事物无须拯救	57
给	58

给	59
遗忘是一种谬误	60
只存在一天的博物馆	61
咖啡课	62
礼物	64
拾光之年	65
关于帽子	66
不愿被拆分的人	68
写在水上立交	70
林口子寻蝶记	71
在当周草原	73
过甘南	74
在杏花村偶遇皂角树	75
在贾家庄玻璃厂	77
给	79
山城巷	80
夜读	81
屋檐下	83
茶友自述,略记	84
读普希金	85
在天池坝	86
有寄	87
灯罩	88
南山别院	89

瞭望塔

疑问	93
苦役	94
在巩义	95
在饭罗洞河	96
天龙寺	98
绝壁上的报春花	99
在金佛山	100
十二蝴蝶访双河	101
银河洞	103
清平村	104
秋天的水洼	106
天生三桥	108
良渚遗址	110
芦苇	112
大地之歌	114
蝴蝶的出处	116
在双河	117

给	118
仰俯之间	120
散落的回形针	121
另一个星河	122
蜡梅	123
今日所见	124
丛林女孩营地	126
风中	128
西楼夜凭栏	130
避开那些阴郁的人	131
穿过果园的河流	133
关于人类学……	135
朗诵	136
忆海岛之晨	137
关于赤水河……	138
过向家坪	143
车八岭观蝶记	144
终南山如是说	145
致长夜	146
秋天的美洲牵牛	147
马厩之歌	148
题沿江栈道	150
万物写我	152
白鹇	154

匡山笔记	156
林中漫步	157
朝阳下	158
在官山林场	160
海宁观潮	162
草鞋山遗址狂想曲	163
灵泉溪徒步	167
云上村庄仰望苍山	168
洱海之忆	169
三亚笔记	170
写在大渡口，工业博物馆	171
马蹄花石	173
革叶粗筒苣苔	175
稻城宇宙观测站笔记	176
皮洛遗址	178
给	180
尖峰岭	181
夕阳赋	182
给	184
观平阳书法展	185
在宜昌艺术小镇，谈及写作	186
在北温泉，茶会闻《碧涧流泉》	187

I

避风港

又见野百合

在写过的稿纸，走过的山谷
在草木迅速枯萎的秋天
我已经习惯了
一切不可避免的改变
你是否也已习惯

像骄傲的野百合
我无法阻止它们沦为他物
我们自己也不可例外

清晨，时候到了
小心剥开它空洞的躯干
硕大、饱满的芽头
从中挣脱而出——

那细微的震动
此刻，你是否
从遥远的床上突然惊醒？

这已经挺好
还有正午，还有夕阳西下

在世界的不同角落
我们还会穿过
命运的同一个拱门

我想不出
比这更好的事情
新的春天来了
我还在，你也还在

日常课

削苹果的人，突然呆住了
原来，他削去的不是果皮

在削去晚霞和浓荫之后
山谷的尽头，一个寺庙裸露出来

带着浑身的伤口和鲜血
它依然是美的，是寂静的

透过积雪融化的窗户
他看到早年失落的那口钟

光芒依旧，坐在钟里的四个僧人
身着褐衣，沉默依旧

给

我们是两粒朝露,偶然
共同悬挂在
人间这根纤细的枝条上

你沉默于
已能看得到的
我们未来的悲伤

我迷恋着我们的花园
它似乎源于
上天为每个生命
设定的局限

宇宙中壮丽事物无穷尽
我们永远无法目睹
更无法参与

那又怎么样呢?
很多年前
就在这个花园里
你送过我一条滚烫的银河

三尾灰蝶

镜头里,小灰蝶逐渐变大
翅上的银质山丘和阴影如此清晰

突然想起,我们曾一起坐在月亮里
四周全是起伏的银色

我们来自时间的同一块琥珀
携带着同样的金属

一个背着往昔的山丘飞行
一个用今日的银线写诗

像两个彗星在此相遇,彼此茫然
它拖着三条丝巾,我拖着正写着的三首诗

半生所得

昔日写诗,喜欢溯溪而上
循兽迹,观鸟路,纵马踏燕追风
写到云深处
身侧已过万重山

半生所得不过是压舱石
如今,写诗只是渡过自己的海底
夜色渐浓,写诗
只是把二三沉舟拽出水面

束河

把一起去过的地方
走过的路
束成一个结

把你的溪水的孤独
把我的水草的孤独
束成另一个结

我们在开满花的院子
坐下,谈笑风生
仿佛这样的游戏可以一再继续

那个时候多好啊
我们挽着春风
春风挽着遍地柳枝

隔着栅栏,看见昔日之我
那些束在一起的结还在
质地仿佛丝绸

哑然一笑,转身,离开

像一只蜻蜓,终于放下
它紧紧抓着的池塘

银杏

路过银杏大道时
一枚银杏叶
落在我摊开的手上

叶柄像一个小人儿
他的前方是扇形的
充满密集的道路

抬头,看着这棵瘦削的银杏树
仿佛曾经的我
紧紧抓着剩下的叶子

人间已经是秋天了
从来没有跨出一步的你
为什么还是放不下
这么多想要走的路

春天颂

冬天是一个庞大的歌剧院
它把田地间劳作的人
旷野里行走的人
甚至,车间里忙碌的人
全部收集到它的穹顶下

他们的生活
他们经历的海浪
在追光灯下轮番上演
甚至,未来的生活
未来的海浪
以及略带讥讽的结局

但是春天来了
春天说,哦,完全不是这样

春天,驾着十万个火车头
碾过正在融化的歌剧院
也碾过我的心脏
让它发出愤怒的轰鸣

完全不是这样
没有一个人间的舞台
能放得下我们生活的全部
没有一部冬天的戏剧
能预见我们的明天、后天

让我们回到田野间去
回到旷野中去
回到无数齿轮的转动中去
结局未定,我们仍有经历奇迹的权利
一切将会重新开始

柳下别

从它折断的地方
一条古老的河涌了出来

从长亭边,从驿道前
又一次醒来
它比所有的告别更古老

有熟悉的飞沫
有熟悉的漩涡

在我见到它之前,就已成为它的树叶
看不见的花瓣

成为它疼痛的一部分
它河流中的浪花

那时我的血是冷的,血管里漂浮着冰块
雨点打在上面,像是热烈的火星

那时我是无知的黑暗
困于无垠的牢笼,不知咫尺之外的他物

是身外之物，在持续教育我们
让我们获得温度，变得繁茂

是无数次的折断
让我们从它的波涛里再次起身

请上苍庇护永不属于我的一切
像曾经温柔地庇护过我那样

比如永远不会踏上的道路
永远不能抵达的星辰

比如天边的海岛
比如眼前的你

夜深人静时

你看见我
就像看见一片树林
但看不见躲在树冠里的猎豹

你看见我
就像看见一片海水
但看不见波涛下的鲸鱼

我是无害的
一位友好的邻居

私下供养的神秘之物
是我的宠物
也是我的守护

繁忙的城市里
我表情迟钝
是一个透明的群众

夜深人静时
当花园的大门关上

在另外一个空间里
我和猎豹一起奔跑
和鲸鱼一起下潜

我不是邻居,不是群众
有时是一个猎手
有时只是一个猎物

我们的爱

我们的爱
已不属于我们

它像隐形的作品
比如乐曲
但即使它经过一架钢琴
也不再发出轰鸣

它停留在苹果树上
就是我们经常看到的那棵
每当果实坠落
它都随之坠落
一次又一次

无从阅读,无法演奏
也无法让它继续
但我知道它还在
在不再打开的书里
在深夜的窗外

就在此刻,当我们无语相对

它正经过墙上的挂钟
我看到钟摆有轻微的抖动
是的，它经过时
让整个世界为之短暂停留

十一月的银杏树

它站在城市的边缘
浑身黄金闪闪发光
看上去有些骄傲
也有些期待

写了一年的信
又到了投递的时候

又一次,它画出遥远的道路
那些生产锦绣的车间
寻些看不见的工匠
现在屏住了呼吸

大地将再次变成斑斓的邮箱
装满它用隐秘的方言
写出的乡愁

不是山东郯城
也不是江苏泰兴
它冰川时期的方言
早于人类的出现

可以肯定的是
在温暖得难以置信的世界
它永远无法收到回信

我把一片银杏叶
在掌心展开

这是多么荒凉啊
两种树叶,或者两种手心上
道路的细微差异

就像亿万年的冰川
把我们隔成
两个完全不同的世界

顶喙凤仙花

我来的时候,无尽的旷野
正缓慢涌向它

仿佛绵绵不绝的彩色火车
巨大的毯子下有无穷车轮

树林变成紫色,山丘带着斑点
在它幽深的花喉前依次消失

它是群山环绕的中心
矛盾的力量凭借它获得平衡

仿佛,所有事物来到这里
是为了验证同一个真理

如果这里没有河流,大地上就找不到河流
这里没有峭壁,大地上就找不到峭壁

像镜子,像立体的地图,凭借它
大地深处微弱的美,终于把我们照亮

如果，这里没有我们的爱
宇宙的其他角落中也不会再有

给

春天里
有三个事物我从未避开：
墓地、渡口、墙缝里的野花
像三盏灯
它们一直跟着我

我端坐于春夜
犹如坐在温暖的井底
一切虚幻之物
皆成井壁可依靠

像是随机端坐
于三盏灯里
而且是十年前的那三盏

像是
你在旁边叹息说
书读得太多
春风都吹不乱我们的头发了

对茶

不可一日不读书
不可两日不锻炼
不可三日不写作

这是我冬天里的镇纸
已用了多年
压风雪无端的自己

三日一过
世上就开满银莲花
该多好

不过少了辗转反侧
红尘旧事佐酒
少了光阴里寻根小刺扎自己
也是无趣

还是三日复三日吧
不理发，不出门
独自对茶
给自己安排一圈篱笆

大江迟滞

绕过我沉淀出的无边泥沙

柚子之想

新摘柚子须倒置七日
倒出苦水

新写的这首诗
如何倒置

至于我,横放竖放
皆守口如瓶

人过中年,若无几斤苦水
情何以堪

合身的书

合身的书,越读越合身
能读出一个隐身的庭院
一群有温度的朋友
不分时代,一个永远等着你的茶席

有的书,读到目录和序时会停下
就像站在主人门前
犹豫着:敲门,还是转身离开
有的书,唉,我啥也没说
我只能说不够合身

对于随手拿起的书
我习惯缩着脖子读
像一个借房檐避雨的路人
任凭屋内高谈阔论
绝不插嘴,缘分尚浅
我的旅程和他们毫无关系

樱花之忆

樱花树下,他说
下山干什么呀

把时间缩短,一年缩成一天
我们做的所有事情
都是赴死

不如继续喝茶,他说

大家仰着脸,烟花绽放
仿佛我读过的书
都摊开了

那一刻,连诡秘人心
也有别致的美感

半生也只是一天啊
樱花树的上空,星河渺渺
月如舟

下山已来不及
山下再也无人可渡

冬日读帖

细雨中,禅师正在疾书
笔画穿墙而过

寻迹而去的小和尚
回来时
寺庙已无踪影
只有青青桑田

有一支船队从这里出发
载着他熟悉的一切
沿着天际线进入一张桑叶
最终沉没在
叶脉的河道里

风景

坐在公路的尽头,情侣像一对甜水罐
河流抬起身来,为他们而弯曲

公路在后退,想要退回到一架钢琴里
重新成为琴弦和琴键

春天仍旧源于你的演奏,它看上去有些寂寥
有些不稳定

但是退无可退,它只能随河流一起弯曲
把从你眼睛取出的石头,放在我的窗台上

少数花园咖啡馆

咖啡师在忙,忙到逐渐透明
手冲壶像一个风筝线团

我们喝下咖啡,让她从围裙后抽身而出
我们喝下越多,她离开得越远

总有些词,无法隐身于文字的沉默队列
它们扑向空中,像风筝,用线拉着同类升起

我们朗诵,让它们飞得更高,拉着更多的楼房
我们不停朗诵,更多的事物抽身而出

我们继续喝,我们继续朗诵
直到大海出现裂缝,城市的黑色粉末倾泻而出

终日阅读的人

终日阅读的人,你的屋檐是沉船的一部分
你要穿过屋顶上升,在自己的书房醒来

灯里的黑暗,和灯外的黑暗有什么不同?
荨麻叶上的路,和城市里的路有什么不同?

从一部小说里出来,要挣破几层玻璃?
从一首诗里出来,你获得的是藤蔓还是乔木的身体?

在这个从鱼腹里剖出来的早晨,终日阅读的人
请把沾满血腥的贝壳留下,你最好只身离开

你偏爱的词构成了你

避开那些奶油味的词
避开,避开那些化过妆的词

花园的词,花粉四溅,招蜂惹蝶
荒野的词,长满青苔,自带水洼

没被抚摸过的词,有着更大的摩擦力
尚未燃烧的词,有着更强的硬度

你偏爱的词构成了你
构成了你的生活

傍晚,又一个时代俯冲下来
沿着一首诗形成的跑道

湖畔之夜

太美了——
太多的美已从这个夜晚溢出

鱼和水波是美的
沾满泥泞的行人是美的
我的心——
这快要废弃的车厢是美的

美把事物从事物中抽出
伫立湖边的一切只剩下轮廓
今夜
它们只是月亮的倒影

我感到轻微疼痛
吟诵多年的寒山寺
出乎意料地
从我身体里挣脱而出

闲读杂记

读《幽梦影》,最好窗外有竹
手边有壶好茶

在四合院庭,闲坐读"西厢"
在万仞孤峰,吟李太白诗
皆有通境之妙

中年之后,不可夜读《史记》
我曾读到万籁俱静
肩上全是积雪

在渡口写作

在渡口写作
路过的人,会把携带的金属
留给你

你会越写越慢——
顺着黑铁般凝重的字
他们走过的路,从四面八方
汇聚在你的笔尖

你写自己,必须经过
一个个地下室的黑暗
不同漆色的楼梯
无数一生的叠加

你写春天,必须经过
他们看到的满山樱花
穿梭的铁轨,以及——
一对恋人的诀别

你写看见,在你眼睛深处
会闪过黑色的、棕色的瞳孔

以及一个盲人
没有丝毫反光的瞳孔

被遗忘的水井

紫茉莉有一口井
酢浆草也有,牵牛花也有
井的颜色是紫色、黄色和白色

很多年了,打水的人没有来
他去了哪里

坐在门框里的老人
有一口枯井,从他旁边
跑出来的少女
带着自己玫瑰色的水井

很多年了,打水的人没有来
他去了哪里

我偏爱的汉字有着秘密的井道
我偏爱的星辰
井水晃动

很多年了,打水的人没有来

天地之间
全是被他遗忘的水井

落日

日落前,树林在写诗
树叶变幻颜色,鸟群聚拢再散开
又过了浮想联翩的一天
地下黑暗深处,诗又延伸了一寸

日落前,河流在写诗
一台挖掘机开上了河堤
年复一年,它在自己伤口里
抠出新鲜的词

日落前,满头霜雪的人在写诗
他站在诗歌的尽头
前方苍茫
铺开的一生如群山起伏

他不知道,树林因为写诗
站上了峭壁——这旷野的尽头
河流因为写诗
已陷于淤泥——这水的尽头

薄云散尽,落日不语

万物都是他的诗篇
日复一日,他只需
从容留下金色的签名

钝裂银莲花

春天已至,旷野的沉默
未尝不是一种迷途
噤若寒蝉的人,你读破的万卷
未尝不是一种耻辱

有被举到空中的书房
有在伤口里把书摊开的勇气
钝裂银莲花,独自
回应着天空的蓝色和白色

天空和大地通过你
勘察生命的边界
从日出到日落,这辽阔的一天啊

只有你,只有瘦小的你
是我的庇护所
也是整个旷野的庇护所

我们的爱

我们互赠的朝霞与晚霞
重新构成了它
让这头横冲直撞的牛
成为一个半透明的巨人
而且格外安静

它在的时候
我们坐在它的肩上看星河
它不在的时候
我们伏身于工作或生活的灌木

在我们之间
它创造出了一大片开阔地带
开阔,但是复杂、不稳定
我们已经习惯

我们也习惯了它的远行
习惯了它装满海水的靴子
没有预兆地,一只扔到我的窗外
一只扔到你的枕边

你的爱并未消逝

你的爱并未消逝
它在你不由自主哼起的歌里
在你的表情、习惯的手势
以及突然的短暂沉默里

春雨中,当滨菊升起
白色花瓣围绕着它全新的签名
你回到书房,翻开手帐
同样签名,压着它为你收集的金线

你阅读的时候,你的爱
会选择在一本书的尾声醒来
徒步的时候,你的爱
会选择一条山径更新自己

你的爱并未消逝,年复一年
它是镜子,在你对自己的重新审视中
它是标尺,在你和人群
永远无法缩短的距离里

给

举起一枝雏菊
是举起它窖藏的酒,举起你的爱人
是举起她身体里的玫瑰

她隔着栅栏,越来越轻
你回到童年,独自面对地窖的漆黑

举起一杯酒,是举起它走过的路
你的路,她的路
也同时被举到了最高处

举起的都会逐渐明亮
像地窖的门缓慢打开
你举起她,你们也一起挣脱了所有洞穴

举起的都是绝境
美已来到最高处,万物也来到最高处

你要在最高处畅饮
畅饮这朵雏菊,畅饮你的爱人
畅饮花朵里的黑暗,畅饮矿井深处的哭泣

无人借阅的图书管理员

飘浮着的图书管理员,趴在桌上
用长长的吸管吃花蜜
彩色书架折叠在他身后
——已有上万年无人借阅

我曾回到大学时的图书馆
推开门,走向偏爱的角落
每次,当我伸出手
所有的书架都腾空而起
瞬间消失,连同年迈的管理员

但南美洲的蓝灰色小书架
在城市角落一动不动,已经多年
趴在尘埃中的纳博科夫
举着放大镜,完成了阅读

现在,一个金属的图书馆
连同它的深奥文字
在失去自己的管理员后
(也许他曾毫无意义地挣扎过

在被装进纸袋之前)
终于,有了自己的名字

壬寅春日读帖

古寺习字,是另一种奇遇
关东辽尾有千钧之重
墨池里,似有无数溺水者
随之而起

低头落笔时
楼上背手望气的老者
院里的扫地僧
月夜推敲的贾岛
依次回到我的身影里

时空茫茫,各有未尽之墨
只是阴差阳错
未能托付给此生的宣纸

给

不必出门
就是半个幸福的人
梦境就会消散得慢些——
这个世界没有的蝴蝶
故友归来的茶叙
月夜溯溪,让人沉醉的山间灯火

我整理书籍,修剪花枝
立于窗边喝茶
不用抬头都知道
它们一直悬浮在我的头顶
像奇异而巨大的树冠

日复一日

地面隆起、裂开,露出榕树新鲜的根
像一个孩子伸出的手

本该裹在泥土的被子里
在黑暗中默不出声

就像我们,日复一日
裹在自己的生活里沉沉睡去

这张纸如何才能捅破?
我们的手,何时才能伸到滚烫的阳光中?

黄草坪

围绕着一只熟睡的蝴蝶
空气渐渐有了质感

太多的飞行,必定
在身边创造出太多的悬崖

洒落的月光
探测着一个生命正经历的落差

关掉手电的我,迅速
成为它身边的悬崖之一

随手放下的道路
融入交错的草叶

有那么一会儿,我也融入了
某种奇特的寂静

仿佛身体,也只是身外之物
仿佛万物破壁,成了某个整体

有那么一会儿,高悬之月
短暂地成为我们共同的心脏

四面山的黄昏

八月瓜是月亮形的堰塞湖
四照花果是球形的堰塞湖

苦苦挽留有什么用呢?
一切都将倾泻而出

此刻,带着甜腥味的暗黑事物
要去寻找更危险的美

此刻,酿造已久的小镇
像明亮的蜂巢,传来微弱的轰鸣声

此刻,阳台上的恋人,像刚取出的蜂蜜
一切甜蜜而又无可挽回

给

中年之后,你从午睡中醒来
发现自己拥有了所有大海
伤痕累累的老人,拖着海明威的大海
你摊开的笔记本,也摊开了
凡尔纳的两万里海底
雨后的阳光,斜射进房间
它们也同时穿过了莫奈的大海

但是我的大海缺席了
我们共同熟悉的地点也缺席了
它们同辽阔无边的波涛一起
退缩进深深的海沟
仿佛,一切从未发生,一切从未出现

有一些事物无须拯救

坐在树荫下,手里的书有些潮湿
是的,所有文字都是打捞上来的
在一切下沉的过程中

我说的是忘却,时光在时光里消失
就像水淹没在无边的水里
有一些人已经想不起名字

书写在继续
阅读也在继续,又一次
我把自己从茫茫书架里打捞上来

但是有一些事物无须拯救
它们像一些黑天鹅,始终
轻盈地浮在水面上

当一个人的大海沉没
它们跃起,优雅地降落到
另一个人的海面之上

给

把漫长的夏天,燃烧的星空
最后一次
放在你的胸膛上

很多年了,我在这个星球四处行走
收集孤独而明亮的河流
夭折的蓝花丹、枯萎的球兰……
夏天被收叠起来的乐器

最后一次,把它们
放在你的胸膛上

让所有流淌和演奏
在你的起伏中被重新衡量
让一切因你而无名

我最后的偏执的爱
也在其中,它因你而生
也因你重归无名

给

时间被一个名字覆盖,多么幸运
我们成为彼此的囚徒,多么幸运

永不疲倦地描绘一个全新的世界
又永不甘心地,降落到自己的城市里

两种存在,从我们身上撕出一个疼痛的窗口
真实像一束光线照射进来

我们看到了落日,这红色病人
正失魂落魄地经过窗前

我们看到了自己,在平庸的生活中
努力保持着理性,像心中镶嵌着十个医生

遗忘是一种谬误

遗忘是一种谬误,而我们幸存的生活
正试图把它修正:
有人在彻夜不眠地阅读
有人浇水,有人在楼下哭泣
拥抱多年不见的恋人
细小的闪电,发生在他们身边

大地上无边无际的缝纫机
永不放弃,把我一次次缝合

只存在一天的博物馆

梦很深,我的醒来
仿佛观光电梯上升的过程
仿佛从海底回到水面

我阅读手机的留言,收拾植物
慢慢冲一杯咖啡
窗外的景象一如往昔

黄昏前,我依依不舍地
擦拭着经历的事物
它们如此美丽、珍贵
但并不属于我

再见落日,再见电影
我会回到深不可测的梦里
再见,庞大的白昼
你这只存在一天的博物馆

咖啡课

当埃塞俄比亚缩小成一粒咖啡豆
当东非大裂谷缩小成它中间的伤痕
在我们中间,发生了什么?

它脱下肉体的过程
是非洲群山翻转的过程
无与伦比的景色
封印在它灰蓝色的头颅中

一粒豆子是一个缩小的内海
收纳了通向它的河流
以及它们携带的大地之苦

一粒豆子是一部沉默的史诗
正如托起它的我,是另一部沉默的史诗
我们在沸腾的时代一无所获
只有些许灰烬想要倾倒

它的风景带花香,由细小颗粒组成
我有一生废材,堆积如山,取之不尽

不如用来煮一杯咖啡,我们聊聊
失落在我这里的无边锦绣

礼物

第一次看见大海的时候
我哭了,他说
孩童时绘制的大海
被它复刻在灿烂夕阳中
这是我一生中的奇异时刻

大海不会退回任何礼物
不管是来自远方危险而美丽的狂想
还是沙滩尽头的叹息
它收下了一切
并用漫长的沉默赞美了它们

拾光之年

未经审视的生活是不值得的
旧年将尽,而朝阳仍旧如同初生
像炉口,它滚烫的液体
在大地上寻找完美的容器

松树、向日葵、红景天
窗前默默伫立的我们
在经历惊涛骇浪之后,各自用自己的方式
收集着微弱的火苗

向上的生命,都有两片对称的叶子
一片是爱,一片是批判
它们以共同的守护,在所有果实中
恢复宇宙的秩序

我们的母亲,在花园里散步归来
风雨不惊,安详如初
晨光照着她花白的鬓发
像照着一座庙宇的屋顶

关于帽子

万物皆有帽子
有的可见,有的不可见
梅花鹿以鹿角为帽
方尖碑以闪电为帽
你的帽子,可能出乎你的意料

戴上帽子的蜡烛是危险的
那微弱的火焰
既可照明,也可毁灭
取下帽子的笔同样危险
那犀利的笔尖
可能讲述你想疏远的真实

我经常为一个词寻找帽子
它瑟瑟发抖,犹如面临审判
我经常为一首诗寻找帽子
多数默不作声
总有一首,每字每行都面露不屑
是的,哪有能配上它的呢
好诗不需要帽子

我们曾以童年为帽
不是每顶帽子都是甜的
我们曾以青春为帽
自带翅膀,让奔走也像飞行
它们有积雪的属性
或瞬间飞散,或缓慢消融
只是帽下之人并不知晓

哪有永恒的呢
夫妻互为百年之帽,也有取下时候
或许,不可见的才能如影随行
比如后天之帽:名字
遵从内心的人必被溅上污泥
比如先天之帽:命运
而我从未服从过它的安排

不愿被拆分的人

黄昏的拆分开始了
事物的明亮部分在上升
漆黑的部分留在原地

在堤岸上聊天、散步
属于我们的轻盈部分
将于午夜经过苍山之巅

回到各自房间
一盏灯熄灭,又一盏灯熄灭
洱海的堤岸,我们的堤岸正在消失

立于窗前
看一小片一小片的沼泽
无可挽救地连接在一起

只有对面阁楼灯光微弱
那个不愿被拆分的人
正在写诗

他挣扎着,试图用这种方式
从沼泽的边缘爬出

写在水上立交

仿佛是虚拟的,运河在田野的上方流着
支撑着它的,是即将崩塌的时间

仿佛我正写的这首诗
更小规模的运河,一端悬挂在笔尖
另一端在纸上形成芦苇荡

从洛阳到淮安,再从淮安到盐城
一端悬挂在隋朝
另一端在人们的心里寻找着河床

我们短暂的一生,要容纳多少沉没的时代?
一首小诗,要容纳多少沉船?

仿佛不是一条河,而是河流的总和
是无数的命运在汇聚,表面却如此寂静

在各种虚拟中,我们终于老了
不在乎时光,也不在乎身后名
现在,只需略略起身,放年轻的新淮河过去

林口子寻蝶记

雨后,贴着悬崖经过塌方路段
继续徒步考察
正如我们所经历过的
哪一次,不是贴着悬崖小心移动
向着未知

走过横陈的乱石间
其实,也同时走在
另一条看不见的山道上
偶遇的蝴蝶
都是显眼或不显眼的路标
帮我校正着方向

或者,它们不是路标
只是某种色彩斑斓的缺口
从那里,陌生而又深奥的美
倾泻进
我们密不透风的人类生活

金灰蝶、斑粉蝶、黛眼蝶
谢谢上苍,它们还活着

在林口子,每一只蝴蝶都无比重要
我们失落的大地,正由它们
一小片一小片地
重新拼合

在当周草原

有没有可能,无边的蓝天白云
是路边的一朵无名野花
撑开的隐形巨伞

或者,乌云翻滚的天空
是它悲伤地垂下了头

有没有可能,喧哗人群的角落
那位沉默的姑娘
是这条路上唯一的百花潭

而虚度一生的过客
被那里的微澜
重新测量

过甘南

戴着白面纱的黄牛
代替我咀嚼着无尽的暮色

一路的马先蒿
代替我踮着脚,在空中旋转

刚刚成熟的青稞
代替我青了又黄,黄了又青

谢谢你们
现在我回来了

大地上的事情
我都可以重新一一经历

这里时光漫长
轮回无休无止

在杏花村偶遇皂角树

有皂角树的村庄,没有皂角树的村庄
有什么不同?

当暮色的海水涌过来的时候
乡村这最后的批判者,高举着刺
像最后的岛屿

它被认成枣树,或者国槐
被抱怨既没贡献枣子,也没贡献槐花
果实和花是贡献,难道批判不是?

为什么好酒出在杏花村
或许,他们懂得保护最后的岛屿?

不只是有高粱的甜,豌豆花的香
好酒
还必须有皂角刺的清新和尖锐

有皂角树的乡亲,没有皂角树的乡亲
有什么不同?

当你深陷于世间的污泥
有没有一位最后的朋友
帮助你洗涤自己,重获新生

在贾家庄玻璃厂

脱下沙子的衣裳,再脱下火焰的衣裳
这些不可见之物,终于围拢过来
获得一个全新的身体

它是空的,或者说
它装满了与生俱来的空
即使粉身碎骨,也不可夺走

装满水的时候,它仍然是空的
装满酒的时候,还是这样
有些空,永远无法填充

在穷人的桌上,它是空的
在富人的手上,它仍然是空的
甚至更空

所以,它不是身体
只是围绕过来的不可见的手
永无休止地交错着,编织着

所以,当我们创造出全新的容器

也同时创造出了全新的空

我们的劳作,不曾填充自己的空
只是让它
拥有了清晰的边缘和形体

给

爱情里有真理吗？没有
多年后，我们分手时，它出现了

秋天的果实里有真理吗？没有
当苹果离开树枝时，它出现了

真理总是避开喜悦，避开蜂蜜似的事物
它低着头，走着，有着苦行僧的孤独

真理近在咫尺，又远在天边
它穿过漫长的时代，也穿过两位孩童的争吵

其中一位大声说：真理不在我手里
还好，它也不在你手里

我记得，你的眼睛突然明亮："在不在我手里呢？"
……你太美了，真理已经避让三里

山城巷

有时,山城巷是带坡度的湖
港汊纵横,有些水道
你永远不知通向哪里

沿着一个漏斗形的路口
一路像蹚着淤泥,踩着蚌壳
我竟然意外来到了湖底

这里也有小店,取名开满桃花的码头
店主是一个折纸大师
而湖底的纸,都是看不见的

他折出的船队,永远到不了水面
他折出的桃花,永远无枝可栖
还好,他折出的太太拥有肉身

"真的来不及喝一杯茶吗?"
她笑着问我
声音干净,还有着纸的质地

夜读

每个人身上
都有一棵隐身的桑树

白昼给我们沉重的脚步
夜晚怀抱苦涩的根入眠

在我们的生活中
构词、造句
喂养看不见的蚕

我想赠你
从未看见过的树冠
我想赠你
午夜的阅读,阅读中的羽化

回报你从容的负重
被不断啃食
仍保持着美丽的容颜

猜一猜,谁将在我们的对视中显形

是桑树,是命运
还是我们庇护终生的一切

屋檐下

细雨像无数念头在空中闪现
风起时,它们组装成
去年死去的那株蓝花楹
风停了,它们组装成
一架路过的飞机

披着雨花回到屋檐下
抬头看天时,有一个半透明的我
也在抬头看天
这临时组装出来的
和我几乎重叠,幸好有微弱之光
照亮了我们之间的缝隙

茶友自述,略记

余四十后身体沉重
闻城南有运针高手
逢鬼亦扎十三针
然见余大骇,疾走后堂不出
越年,经小径入白马寺
忽遇狄公墓,不觉心惊,冷汗如珠
自此渐渐清明
仿佛一生莫名之案全破
如今偏爱喝茶
静坐,时而心生欢喜

读普希金

假如生活欺骗了你
不要悲伤,不要心急
因为,生活绝不会只欺骗你一人
因为,这不是真正的悲伤

在普希金指着的未来
读者们向往着的未来
一切真的过去了
只剩一片茫茫,独坐无语

假如生活欺骗了我——
天,那是多么美好的事情
假如,生活还继续这样
我愿意一次又一次,循环不停

在天池坝

开花的避开了这座孤岛
春天里,他是唯一荒凉的所在

一只蝴蝶选择在他发间停留
那失去河床、凝固在空中的泡沫

放下有些唐突的相机
在他旁边坐下,有些事物在我们面前分岔

他笑了,没有任何好奇
我也笑了,放弃了攀谈

像一件蒙尘多年的旧暗琴匣
里面有琴,只是从未取出

他回到"我不在此处"的状态
仿佛刚才没有过蝴蝶,也没有笑过

在这个荒芜的院子里
我有过短暂的凝固,像其他泡沫

有寄

在泥泞道路下,在野菊花蕊里
是否有转动的轴
在我的脚步与蝴蝶的翅膀之间
是否有咬合的齿轮

对着水面,灰鹳突然伸出的
是我在诗里偷袭时用的喙?
同样扑空,它是否像我那样
假装没有任何尴尬

如果属于同一个梦的局部
确实,我们更应该担心的
不是我是谁,你又是谁
而是主人何时在另一个维度醒来

没有对错,没有审判
仿佛是另外一种宽恕
他起身,我们烟消云散
所有的事情无须挽救

灯罩

发呆时,鸟停在窗台上
它近乎透明
书房里的我也近乎透明

伏案时,我只是
一根燃烧的灯芯
而书架、窗户成了灯罩

飞过来的鸟
以及它的影子
也会成为灯罩的一部分

这已经称得上美好
更远的树梢,甚至树梢后的一切
近乎透明
短暂成为我的灯罩

南山别院

下雨了
唐诗是一种雨滴,宋词是另一种

千年之后
我仍是那片芭蕉叶
接受出其不意的击打

当我走过院子的时候

II

瞭望塔

疑问

有时,我的疑问带着空蒙
像一只越飞越远的鸟

有时,我的疑问拖着阴影
像一条钻入草丛的蛇

不管在哪个时代,答案都是奢侈的
甚至,是几乎不可能的

多年之后,我们所坚信的早已不在
而疑问,却不断地返回

经过如此漫长的旅行
它们获得了各式各样的身体

像是从各个方向
伸来的雕刀

不是我所信,而是我的疑问
雕刻出这样一个现在的我

苦役

如何解救
一匹迷失在灯盏里的马
一条纠缠在磨盘里的路

钟摆
在所有生命的躯体里
在生与死之间
来回晃荡
冷漠而又盲目

像是有意的
它撞到了我整理植物的手

放下吧
春天没能回来的植物
至少不再挣扎于
四季的循环
不再困于如此漫长的春夜

而我们的苦役
何时才能结束

在巩义

南坡童颜永驻,北坡满头鹤发
那个从嵩山下来的人
读懂了所有的北坡
心中有了一道雪线
有了群山之冠的孤独

那个走进石窟寺的人
带着大足石刻的线条
龙门石窟的线条
甚至,敦煌飞天的线条
他经过的垂柳
瞬间,从北国飘荡到江南

那个哭泣的男孩
正在努力地站起来
他茫然地看着旷野的尽头
不知道自己是万物之冠
也不知道,漫长的宇宙光年
必须通过他
才能延伸向前

在饭罗洞河

我看到的所有江河,是自己的支流
我砍下的所有木柴,是自己的骨头

如此封闭
即使俯视自己,也难以看清

但在饭罗洞河
前面走着的谭裕文
后面走着的周簌
都不在我的围墙内

世界偶然松动
我握持相机的手
从躯壳的缝隙里
竟然缓缓伸到了外面

我真的看到了他物
三尾灰蝶,有着银色的缝隙
一点灰蝶,有着黑色的缝隙

无穷无尽的事物
正悄无声息地穿过它们
像是在拯救着
困于牢笼已久的我

天龙寺

缆车上上下下,把俗世运送到寺前
但天龙寺的清凉不减一分

我们默契地绕过寺庙
往后山走,里面无人
空空的,像一个老人的心

我的一生
从未真正绕过眼前之物

大花蕙兰着黄衣,野蔷薇着白衣
金刚藤着绿衣
三位云中僧人,陪着我一路绕行
不着一语

绝壁上的报春花

在不可立足之处,站了起来

在此处或他处,在尘埃之中
仍有拯救与自我拯救
仍有等待着春天的
沉默火山

那柔弱的茎
成为陡峭的生命之尺
渺小、短暂
却有丈量万物的雄心

只有鹰的眼睛
记录了它的怒放
它的丈量

并把这炽热的尺度
放到无边的地平线上

在金佛山

经过如此持久的攀登
终于可以
俯视深渊般的自我

源自宇宙深处
那变化无穷的能量
构成了我和你
像演算某个奇异的方程式

此刻
沿着无数山路所走失的
正不断返回我自身

填充着
我和世界之间的空白

十二蝴蝶访双河

九只雄蝶,三只雌蝶
十二只蝴蝶来到双河

卸下背负的九座城市
他们飞了起来
从高空俯视满头霜雪的自己

肉体正在衰老
而翅膀依然闪闪发光

他们诗集里的云梯
就像为这里的山所定制
就像
为那些忘记翅膀的人所定制

夕阳无多
只有不停地向上
再向上,才能
和下面的深渊保持距离

而她们停在九曲桥上

平静,满含慈悲

凭助

对自我和黑暗的双重领悟

银河洞

我抬头的时候
创造了一条波光粼粼的银河
飘浮在我们和宇宙之间
天荒地老的样子

我低头的时候,创造了另一条
在我们脚下的无限深处
它穿着岩石的衣裳
溪流的衣裳,森林的衣裳
甚至,人类的衣裳

其实,不是我
是穿过无数个我的造化之手
创造了它们
在无限的视野中
在此刻的我之中

同时创造的
还有我曾在诗中写到的
那些沉没在地下河里的
黑暗的星星

清平村

月亮经过这里的时候
停顿了一下
因为它看到了两个不同的自己

西江河面的月亮是完整的
而且饱含水分
清平村的月亮是破碎的
像鱼鳞,闪耀在半岛形的土地上

它知道
每一片鱼鳞都在挣扎
它们渴望着
又一次聚集和拼合

它知道自己不过是一座旧矿山

从古到今
写诗的人,耕种的人
都在用不同的方式
搬运着月亮上的事物

然后,在清平村这样的地方
拼合出一个全新的月亮来

秋天的水洼

我们谈到那些死去的人
病重的人

细雨中
仙女山的蝴蝶避开了我
有一半的美丽事物默默远行
避开了我的送别

另一半,在水洼里下沉
我们永远不知道——
一颗心的底
时间的底
究竟哪一个更深

有一棵孤独的林檎树
站在水边
它的根系仿佛来自一面镜子
那发光的神秘虚无

我们谈到那些再没出现的人
已经变得陌生的人

不管置身于哪一个城市
我们其实都在同一个水洼里
下沉

像林檎树的落叶
我们在彼此心中的枯萎
加深了眼前的秋色

几只乌鸫,黑得令人心惊
像再也无法回避的关键词
从头顶掠过

天生三桥

可以坐电梯
往下，再往下
避开人间
到一部幽暗的电影里去

一个没有时代的院子
一些没有时间的流水
一群暂时没有身份的游人

往下，再往下
深入自己从未探索过的地缝
以及
自己试图遗忘的剧情

仿佛在某个未知的深处
年龄还在，生活还在
一切复杂而又甜美

终于，我在虚构的场景中
摔碎了
从现实带过来的一个茶杯

在某些透明事物
突然裂开的过程中
对面陡峭的悬崖
革叶粗筒苣苔开放了
由下而上

仿佛有谁突然挣脱了我们
也挣脱了所有的电影

这是一件
多么美好的事情

有谁径直往人间的方向走去
在潮湿的岩壁上
留下一串紫色的脚印

良渚遗址

在这里,大地更像泛黄的书页
有菜花仰着脸的浅黄,也有水稻低着头的金黄

很多年的浅黄升上了天空
很多年的金黄叠成了泥土

考古队员的手,伸向这本不确定的书
有时很多页茫茫空白,有时直接就翻到了汉朝

一页,又一页,像时光熔炉里的灰烬
像沼泽深处的淤泥,漆黑无边,却藏有我们的根须

一页,又一页,他翻到了水稻的前身
不,在发黑的稻谷旁,还有文明的前身,文字的前身

发掘现场的上方,我们仿佛站在时间的悬崖边
往下看,足足有 5000 年那么深

在那里,文字还保持着飞鸟的形状
在那里,众神还逗留在万千玉器之上

我们满腔的爱和恨,总是来源不明
我们遵循的美,那时已经定义

5000年,一切都成为镂空之物
泥土垒起的古国,环太湖的君王

但是,清晨,那些木筏仍在我们血液之中航行
深夜,那些走兽,仍在我们心脏附近徘徊

我们不只是游客
甚至,也不只是回乡的人

在这里,所有活着的,稻谷、飞鸟和谈笑着的人们
都是未被破译的万年之书

我们走着、飞着、发着芽,带着
不可探测的千年城池,不可解读的陌生文字

带着固执的审美
以及,与生俱来的不可驯服之物

芦苇

一根笔直的芦苇
用它的空心教育了我

我们脆弱的现实
紧密环绕着的究竟是什么

那不是现实,也不是虚无
它拥有形状,仿佛某种透明的容器

能收下所有不具有重量的事物
比如人类的知识

比如美,哦,它不需要这个
它拥有自己的美,而且很固执

你看不见它,即使你折断茎秆
但是你知道它存在

因为风吹过来的时候
会从那些伤口,送出来某种低啸

茫茫无边的事物
都在借助它的声带，讲述自己的故事

仿佛，它们和人类
共同拥有一个深邃的倾听者

大地之歌

今夜,隔着树梢
我看到大地飘浮在星空之中

就像它从不曾有过重量
就像它只是白云的倒影

因为它要通过鸟的眼睛,鱼的眼睛
才能看清楚自己

明天,它会在薄雾中醒来
重新获得沉重的肉身

万物在这肉身上继续生长
它抱着大树的根须,也抱着小草的根须

强横如百兽之王,最终由它埋葬
尘埃中的微弱种子,日日由它呵护、催生

这神奇而伟大的事物,谁能相信
它和我们一样,来自同一个虚无

或者,更神奇的是那永远陌生的虚无
创造了这繁复的宇宙,以及宇宙角落的我们

也创造了此时此刻,茫茫无边的它
在一个孩子的梦中,小心地翻了一次身

蝴蝶的出处

所有的蝴蝶
来自同一个古老的教堂

透过彩色玻璃
人们看到的真理
或者神
都十分美好

教堂拆毁的那一天
他们以为失去了世界
其实
只是失去了
看世界的一种方式

蝴蝶们来到了人间
只有部分保持着透明

和他们的世界观再无关系
它们自己
就是复杂、美丽的真理

在双河

这是冰冷秘密重见天日的一天
这是两种挣扎握手言和的一天
这是所有微澜获得温度的一天

有如秘密宴会
万年石松,一日蜉蝣
金属的蜻蜓,玻璃的鱼
刚换纱衣的粉蝶
以沉默见证
这通过宽恕自己
重新看见万物的一天

中间的玻璃突然消失
两个对视的自我
缓慢、艰难地重叠在一起
午夜,我终于交出
怀抱多年的满天星斗

给

在不同的山顶
我们学会了同一件事情
如何和群星独处

在生命漫长的悲剧里
我们各自找到
迷宫的不同出口

走过的山谷
由我们一起创造
右边的清凉和浅草来自你
左边的陡峭和绝壁来自我
回到山顶,当我们
俯瞰时代的机杼
不分昼夜编织着无边的日常
久久沉默,又忽然欢喜

噢,正是悲剧里的奇异时刻
黑暗深处的绝美星辰
创造了

时间之外的日历
人类之外的我和你

仰俯之间

孔子是一个洞穴,朱熹是另一个
能给你提供庇护的,必定有着不同的黑暗

庄周的蝶,梁祝的蝶,都有人间之外的翅膀
能帮助你挣脱的,必定来自相同的绝望

散落的回形针

时间是拉出来的卷尺,我们也是
往前走啊走啊,仿佛完成一次神秘的丈量

但没法记录,记忆是露出水面的岛屿
而遗忘则是茫茫海底

总有路过的巨鲸
打翻我们毕生整理的仓库

我从散落的回形针中起身,继续往前
像一个谜题,失去了谜面,也猜不到谜底

另一个星河

落在山下是雨,落在山上是雪
落在崖边松树上
才是宇宙深处的来信

透明,六边形
星空旅行的航海图
以完美的几何记录深奥公式

松树,不是我们想象那样静止
它们笔直地站着
同时也在自己身体里航行着

那是我们从未知晓的星河
急匆匆赶来的雪
帮助它们修正了方向
厚厚的树皮
遮住了急速转弯喷出的冲天火焰

蜡梅

立足之地
不过是同一潭死水
——为何还要挣扎

我在一张纸上的咆哮
已达千里之远
你在空中勾勒的香气
可破我斗室四壁

我们伏于荒草的漫长守候
在此间
还将继续,必须继续

无尽冰霜逼退的更好世界
回到我们心中
重新发育

还有机会
我听到从那里隐隐传来惊雷

今日所见

并非火山,而是日常的侵蚀
造成我们的不断坍塌

同样的世道里,不随之坍塌
而在内心持续修复
更为危险

危险到成为孤立的悬崖
无路,无人迹
千夫所指

或者
以无名隐身于人潮

入夜,在图书馆二楼
我看见一颗苔藓遮掩的心
像低调的蜂巢
只对有翅膀的灵魂开放

我看见

有一条银河倒挂于此
像发光的悬梯

丛林女孩营地

沿着山脊,无边山丘
倾倒进它的瓶子

猪笼草蹲在树枝上,像一个巫师
有消化一切的能力

掀开它的瓶盖
我想找到坐过的卡车
消失的小路

瓶水清澈
仿佛什么也未曾发生

闪电忽至,我起身
和大雨又一次争相狂奔

只有我,只有很小一部分雨
得以逃脱
其他的都吸进了瓶里

在世界的不同角落

深浅不一的瓶盖
就这样合上了

被它们收集的一切
皆为酝酿另一个未来的材料

风中

仔细听,你仔细听
风的呼喊多么丰富和辽阔

风中,有宋朝的庭院
李白的沉舟
迷失在迷雾里的车队

有流过非洲的河流
黑人乘坐的独木舟
撞向我的额头

我拒绝继承
他们伟大的航行

我偏爱,另一个时代的落花
中箭的鹿
城邦阴影的沉默众生

他们沿着看不见的裂缝
渗入我的身体

只在我的皮肤上
形成一些悄无声息的旋涡

西楼夜凭栏

蝴蝶困于油彩,老虎困于水墨
我们诉诸笔端的皆是牢笼

竹困于自己的节,金龟子困于自己的金属
曲终人散,卸妆的人终生困于自己的歌喉

我们偏执而热烈的创造源于何处?
——或者,只是模仿创造者的偏执和热烈?

如果时光只是无边的画纸
谁在挥墨如雨,又后退几步端详?

谁在决定王维困于唐朝?而我困于此生?
这蓝色的宇宙,这无穷尽的寂寥啊

避开那些阴郁的人

避开那些阴郁的人
我们的船,正飘过森林上空
下面是珊瑚礁
水被分开,像是服从于某个旋律

下面,是昔日生活的屋顶
我们的船,正飘过
逐渐模糊的青年和中年

是一场演奏
重新安排了我们的记忆
我和你,春天的和冬天的大海
在连接中变得完整

微风起,窗被吹开
文字在我的诗集里旋转
有一条透明的水晶龙
在那里汲水

从船头回过头来的你
那么耀眼,逆光中的你们

都露出了隐藏的乐器
而我的世界,已向两边无声分开

穿过果园的河流

一切呈弧线形,你穿上旱冰鞋时
工厂向后滑去
滑向设计它的蓝色图纸

坐在船头的我,连同整条运河
压弯了某根枝条

从渺小的孢子,从上岸的鱼
时间
像苹果树一样积累着果实

但是,如果放下手里的工作
所有事物就会向后滑去
速度越来越快

我也会,直到撞到某个边界
才会停下

那是最初的蓝色图纸
一个名字正在长出血肉
成为我

那是我的开始
晨光照亮前方,那里有无数诗歌
在等着我把它们写出来

关于人类学……

从你脸上，我看到你蹚过的河水
或者你母亲蹚过的河水

你们经历的暗礁和雷电之夜
也在我的眼前露出轮廓

如果你们真的走出了沼泽
那仍在淤泥里下沉的是谁？

如果你们真的在黎明幸存
荒野里，那余火未尽的是谁？

从你脸上，我看到模糊的箭羽
你的祖辈带着它，忍痛跃进了树林

梅花鹿般优美的后人，这个下午
我们在彼此脸上阅读万年之书

此刻，你四周的河水波光闪烁
是机会吗？我想为你拔出那有些遥远的箭矢

朗诵

在一首诗的空白处
如果你盘腿坐下,仰望上空

就会看到,两种现实
像两块快速移动的大陆
在那里发生了碰撞

正在朗诵的我,被它们合力托起
离开了地面

我的书房、楼梯
以及来不及关灯的地下室
也被扯到了空中

以为阅读
只是在心里悄悄咯噔一下

无数道路从我身上滑落
只是一瞬间
我就挣脱了如此多的锁链

忆海岛之晨

群星告别的时刻
你会看到如此陌生的大海——

海平面向下弯曲
露出一只发红的眼睛
它代替我们
凝视着即将到来的
今天、明天和所有未来

我和身边的海礁
以及写过的诗歌
突然沉默下来

这一刻仿佛是永恒——
我们共同构成了
大海沉默而坚实的眼眶

关于赤水河……

一

一个词,是如何吸引另一个词的?
或者,它是如何避开另一群词的?

如果,最终它们不是拥抱
而是各奔前程,像恒星保持彼此的距离

是它们之间的沉默,还是闪电
构成了茫茫无边的云贵高原?

白昼,我们只看见长满青苔的岩石
而夜幕降低时,它们变得很轻

慢慢升起,仿佛
有一个重要的秩序需要维持

在云南西北角,那些最孤独的词
像月亮一样,从大地边缘凸显出来

像高原的眼泪,而其他的词挤在一起

黑暗中一动不动的眼眶

永远是这样，永远是这样
河流是由最孤独的词构成的

  二

一个词，从一场梦里醒来了
或者说，它从旧躯体中起身了

随着撕裂的继续
它放下了重量和体积

还好，只是一小会儿
所有的孤独者，只能短暂地上升到空中

落下的时候，三个省的缝隙
重新容纳了它们模糊的身体

一个词，只有身无一物时
才是完整的

一个完整的词,是浮在空中的镜子
放得下万千个自己和他者

它落下,获得蓝色的、黑色的身体
也同时获得了栅栏

从镇雄,到威信,再到叙永
经历了无数次的上升

从毕节,到古蔺,再到金沙
经历了无数次的落下

如此漫长而壮烈的旅行
它们个个手持红色的惊雷

　　三

如何解释一个词沙哑的部分
一个词深深陷进去的部分

如何解释一个词携带的黄铜,像贵州的高粱
一个词身后的道路,像河南的小麦

在茅台镇,赤水河微微起身
像它无数次面对质问那样

它充满了词
又好像一无所有

解释意味着一群词的死亡
也意味着一个全新的词的诞生

或许不是死亡,它们只是脱下了衣裳
就像粮食,脱下所有的衣裳,变得透明

就像固体脱下衣裳,变成液体
液体脱下衣裳,变成美妙的香气

现在,所有的词都走到了词的边缘
所有的物质也走到了物质的边缘

在一只举起的杯子周围
时间的密度增加了

我们已经分不清,举起的是云贵高原
还是词的孤独,或者……万物的孤独

过向家坪

青石板路深深嵌进广场,仿佛时空交错的证据
仿佛,意外从时代的钢筋混凝土里脱落出来

一条从这里出发的江,一身白衣
经历短暂欢呼,也经历漫长流放

最终,失去波浪,再失去河床
像无枝可依的露珠,只能悬挂在后人的诗句上

此地的悲声,到哪一年才停息?
为楚国定制的未来,已和现实擦肩而过

我来的时候,细雨初停
像解体已久的古国,只剩一点凉意

石板路呈现出金属的光泽
像云游归来的江,疲惫的骨架展开在蓝天之下

车八岭观蝶记

这条小河,不停地运来蝴蝶
用炫目的颜料改变着我的边界

我一退再退,让出越来越多的石头
伸出的手充满翅脉,仿佛短暂拥有了色鳞之翼

多么痛苦的夏天,旧山河在深渊里回过头来
仍在挣扎,而此间河水如春天的秀发

而千里之外的我,何曾置身事外
所有事物是熔炉,包括汉字,写下即是燃烧

一只蝴蝶腾空而起,像剧烈晃动的天平
时代的得失也在剧烈晃动。平衡,终究是一件很难的事

终南山如是说

终南山从你的书架升起
朝朝暮暮,悬挂在你日常生活的上空

如果,在斗室中没获得过寂静
即使四面荒野,也不可能获得

这里的林木,和他山的林木没有区别
这里的大地,也是你天天所踩

你带着自己的终南山来到这里
打坐、对饮、拍视频,终于把它彻底用光

我目送过所有离开的人,双手空空
人们不可能带走不存在的事物

致长夜

一首诗连接起了所有洞穴
另一首诗
唤醒了世界上的最后一个疯子

大海在他的身体里醒来
我们听到巨兽的低声咆哮

他举着镣铐,辨认着身后的脚印
"醒来吧,洞穴们!
看看我写下的,是诗,它们全部都是诗……"

在他消失的地方
一个巨大的、蓝色的旋涡,从人们的上方掠过

每一个人都站在那里
就像,他们从未离开过地面一样

秋天的美洲牵牛

再也没有未知的一天
不确定的一天,我的生活已困在夏天里
越来越远

选择无非是:和朝霞一起回忆
还是和夜雨一起回忆

再也没有危险的一天
永不停歇的一天,我的百合们
回到地下的黑暗熟睡

而我,也习惯了安全而空洞的日常
寒风中,只有来自美洲的牵牛花
越爬越高

我热爱的事物,已在云间
它们会不会俯身向下
会不会听到我仰着脸的讥讽——

爬那么高,有什么用呢
难道你还能再次看到墨西哥?

马厩之歌

黑夜漫长得像越过千年
大地上的人终于醒了,偏偏有人说——
你们应该再睡一会儿

可是,怎么能管住我的马群呢?
它们比闪电还快
连时间都无可奈何

跑得最快的那匹,已经啃食到宋朝的青草
只有我写到月亮的时候
它才回来

其他的奔跑在八十年代
大街尘土飞扬,人人兴高采烈

或许,它们只是偏爱
时代之间的缝隙
偏爱事物的不被确定

写完一首诗,遥远年代就会传来嘶鸣
像是马匹

又像是昔日之我在低声回应

一个失去马的人该如何装睡？
我情愿做一个马厩，站在雪原尽头
继续写啊写啊，把我的马
一匹一匹地写回来

题沿江栈道

每个人都有自己的北碚

嘉陵江带来滔滔不绝的文字
金刚碑、东阳镇或者缙云寺
带来变幻的插图

从西南大学杏园,从雷打石
或者从缙云山园艺场
从不同的时代

他们迈出的每一步
都踩下一颗钉子
装订着属于自己的北碚之书

眼前的栈道,夕阳下闪闪发亮
仿佛那些无穷无尽的钉子
在此汇聚

"实在太美了……"
望着温塘峡,我说

就在此刻
梁实秋的北碚，傅天琳的北碚
很多人的北碚
于无边烟波中悄悄重叠

万物写我

垂柳用不断蘸水的笔尖
飞机用滑行时的火花
在写我

爱我憎我的人
也在写我
以不可压抑的悲喜或蔑视

我经历的所有事物都在参与
茫茫无边的因果
以书籍里的黑蝶翅上闪耀的蓝
交替着写我

在书房写,在林区写
以踉踉跄跄的身体
写着同一个人字

再见,春天的甜蜜
再见,夏天的雷霆
你们把我写得由轻到重,再由重到轻
仿佛,永不休止的拉锯

把一个懵懂少年写到满头霜雪
唉,太快了……
这扑面而来的草稿般的一生
这来不及修改的一生

白鹇

从对面的树林里
一个白色三角形正徐徐抽出
向着天空

扇动的翅膀拉长了锐角
这是你对世界的看法吗?
白鹇

如果从生到死,连成不可改变的直线
第三个点意味着什么

也曾同样挣扎着,拉着这个点
想远一点,再远一点

从我年华的漆黑树林里
或许,也有发亮的三角形
被拉长的锐角

回忆的尽头,几何学的尽头
有什么正在醒来
在此刻,在车八岭的正午

还是算了吧,还有什么三角形
能比眼前的更美
更像虚无呢

匡山笔记

本来只是路过,像匡山之巅的雨云
短暂露出携带的彩虹

意外发生了——
我和那些闪电,脱离了笔尖
扑向下方的无垠空白

是谁甩落了我们
还默默拧紧了笔帽?

写作竟然如此危险——
在从未开垦过的纸上
闪电没有了退路
我也没有了退路

林中漫步

放弃山巅
我选择了竹林中的幽深小道
幽深得像一座山的回忆

这是一个曾经崩塌过的世界
一切都带着砍伐过的痕迹

是的,一切
悬崖上的野花,身边的竹笋
无一不带着挣脱废墟的喜悦和痛苦

蝴蝶的眼斑仿佛闪动着泪光
在荒野,我所见之美
必有漫长而昂贵的成本

经历过崩塌
才明白群山的沉默为何物
我的万千思绪
无一不是微小粒子的重建和新生

朝阳下

双同村口,一只蔼菲蛱蝶
盘旋于石阶之上

多么矛盾
才羽化几天的它
身披比唐诗宋词更古老的锦绣

在匡山四贤坐过的地方
坐下
晒着同样的太阳

人类的活动
似乎没有给它带来任何拘束

十万年星尘积累出的生命体
有什么能让它真正拘束

在它旁边坐下
放下手中的相机
仿佛获得一次校正自己的机会

阳光穿过我们的身体
穿过时光中的两朵涟漪

我们对自己的一无所知
让光线产生了轻微的折射

在官山林场

一首好诗,必定有着陡峭的边缘
就像官山林场,在云雾深处隆起
真正的阅读,何尝不是危险旅行
何尝不是攀登,一个字一个字地
向上走出日常的沼泽

越野车带着我驶入高山草甸
进入一首诗的腹地
这是重新成为荒野的地方
雉鸡拖着长尾,仿佛
一处美丽而又惊慌的闲笔

被人类涂改的
正逐渐恢复原来的深邃
仿佛一支看不见的巨笔
用无穷的山楂树、天南星和野草莓
在大地上书写,急切而又浮想联翩

沿着灌木间的步道
缓慢地读,若有所思地读
山楂树的电流、天南星和野草莓的火花

汇聚到我身上,像溪流汇聚成河流
这古老而又常新的奥义啊

我缓慢地读,若有所思地读
在一只蝴蝶的翅膀上,读遥远的城市
也读更遥远的万年沧桑
直到月亮,像移民们留下的灯盏
照亮文字间的些许黑暗

海宁观潮

此刻,一个隐藏很久的大海
突然向我扑来
它不知道,我已站在如此安全的年龄之上

俯视它的挣扎,像俯视自己的余生
我们的年代已像巨鲸远去
只有一江鳞片等待收拾

在我的身后,安素女士合上手里的书
就这样顺便带走了它

乌云开始聚集,像困在诗集里的大海们
互相靠近,默不作声

草鞋山遗址狂想曲

一

那发黑的稻谷
是时间的唯一铸件
它的内部,看不见的大厅中央
悬浮着古老的太湖

我们从湖水获得的一切正进入天空

那发黑的稻谷
是大地的唯一铆钉
它们把村庄固定在湖边
这 6000 年的甜蜜牢笼

我们从劳作中获得的一切正进入天空

那发黑的稻谷是我们的唯一背影
当游人俯身向下
平行的文化层波涛般分开
我们的孤独从那时已经开始

我们从时光中获得的一切正进入天空

　　二

一部厚达十米的书被掀开
洛阳铲、小锤、钳子小心地阅读着
一页一页，从马家浜
一直读到先秦

人们在泥土中看到了刻度

一切仿佛一触即溃
一切又仿佛坚不可摧
一块陶片上
宇宙是草图状态，呈几何形
一匹革布上传来野马的嘶鸣

人们在创造之物上看到了刻度

考古学家承受着这一切
游人们也一样

人类的微不足道的进展
在内心的隐蔽角落
都会有发掘,都会尘土飞扬

人们在自己身上看到了刻度

  三

逐渐垒高的文化层
所有可见之物,像浪花
一圈一圈,并非围绕着太湖
它们中间,是时隐时现的虚拟标尺

沿着上面的刻度
神在下沉,人在升起

不,不再是唯一的
那发黑的稻谷,裂开的陶罐
玉器上磨出的原始文字
所有遗物都是,都是蝉蜕

沿着上面的刻度
一定有看不见的未知之物
像晨光，像星辰
上升，并牵引着我和你

别墅湖、金鸡湖
美术馆、数谷、制药厂、学校
以及湖边漫步的我们
所有可见之物，像浪花

一圈一圈，围绕着
中间是越来越清晰的标尺
一定有看不见的未知之物
正在经历所有的羽化

我们见证了它的上升
我们一起构成了
这巨大、永恒的标尺

灵泉溪徒步

今日苍山无云,明亮的光线
穿过我自带的青年的云、中年的云

一只蝴蝶,在眼前的灌木上飞着
也在我去过的群山间飞着

这是一个深度互嵌的下午
我和苍山的边界十分模糊

我为它新增一条来自人间的小路
它绿色的树汁,在我血管中汹涌着醒来

我们是彼此的车站,用默契的交换
各自获得了双倍的旅程

云上村庄仰望苍山

我们已经到了云上
苍山仍须仰望

会不会,有人世代居于山腰
却从未登上苍山之巅

会不会,一本书在我的书架上蒙尘多年
却从未交出登山的路

会不会,我们相识半生
却只不过在对方的山脚徘徊

我们穿过古老的核桃林
我们穿过新鲜的花境

多么荒凉啊,我们毕生徒步
从未缩短和它的距离

夕阳下,我们仰望的一切
绝美如初,却早已不由物质构成

洱海之忆

晚会开始前,我们散步、交谈
友好,又彼此带着一点戒心
偶然回头时,我在你脸上看到树枝的阴影
就像看到月亮上的山谷
那一刻,一切都改变了

多年后,我们穿过还没完成的花园
"别动,你的脸上有树枝的阴影。"
"它们还在?"你笑了
还在,从上天借得的一切都还在
我们的屋檐下露出一缕白云
仿佛河蚌,从自己巨大的壳里探出头来

三亚笔记

读过的书,并没回到书架上
它们堆积在我的腰部
转身时,我听到纸张的撕裂声

凝视过的海,并没有回到天涯海角
经过的都在下沉
我们只是暂时露出水面的岛屿

我们何曾虚度,所有经历
都参与了时间苦涩的创造

此刻,地球旋转
带领我们向无垠的宇宙投掷蓝光
一如当初

写在大渡口，工业博物馆

眼前像逐渐冷却的炉膛
十里钢城，曾是不断拉出的燃烧抽屉
现在，沿着向下延伸的台阶
一切正被冷却，被折叠

熟悉的高炉，八十年代的诗歌和火花
公共汽车与雨中的奔跑
折叠到了哪一页？

我们走过的每一条路
都是一根树枝，足够搭建一个秘密的鸟巢
放置于所有风雨之外

湖面之上，这座小城收集的树枝
也在被重新挑选
不同的是，它们可以回到大地上
重新成为道路

时代是一台隐形打印机
我们所热爱的，所奔赴的
在新打印的早晨，此刻穿梭的轨道上

不过是一晃而过的倒影

我们身后，都有一个逐渐冷却的
博物馆，我们的朗诵与哭泣
都在被一丝不苟地折叠

沿着向下的台阶，穿过展厅和通道
就像穿过漫长而幽暗的峡谷
我们中，必有一人
擦肩而过，却带走了暂存于此的火花

马蹄花石

如果你一亿年后来看我
那些放牧海洋的勇士,已经失去了
身体内外的所有波涛
它们镶嵌在另一种时间里
像海床中的星星和月亮

如果你一万年后来看我
我和族人,已沿着地下河流
进入叶脉,进入另一种山水
你折断树枝,会听到隐约的金戈之声

如果你一千年后来看我
我变得透明,我的马群也变得透明
空中闪过的蝴蝶
是它们的脚印

如果你现在来看我
这首小诗还没落笔
峡谷尚未出现,波涛还在酝酿
我们还有着无穷的未来

注：遵义出产的马蹄花石，因石头表面有马蹄形纹而得名。马蹄花石中富含角石、菊石等奥陶纪至三叠纪古生物化石。

革叶粗筒苣苔

空中,一只紫色的小企鹅
正努力地踮着脚
它的南极在这里?

像是从石缝里
拉出来的抽屉——
突然出现的陌生空间

这些罗盘和指针
不曾有人使用
这些隐秘的河流
不曾有人航行

是否,还有未曾经历的生活
未曾认识的伴侣……
太迷人了,它展开的这一切

我默默退回步道
毕竟这是在绝壁之上
我的想象
已经变得越来越危险

稻城宇宙观测站笔记

越来越近了,那一缕射线变得强烈
观测者们瞪大了眼睛——
像微微发光的孤独圣器
它在遥远的星空飞着,越来越近

使用过李白的时间
也使用过苏东坡的时间
它还要经过多长的旅程
我们的钟表才能完全重叠
假如……它们也有钟表

它的观测是否也借助射线
是用什么方式,翻译这个星球的波动
它们如何评价森林的后退、海水的变黑
众多美丽物种的消亡

它会如何评价核武器——
一些人类给另一些人类准备的礼物
它会如何看待
普通人坚忍的日日奔波

我希望这束射线的增强慢些,再慢些
它的来到迟些,再迟些
如果来临就是审判
我希望,我们还有改变的时间

变得更强一些
更重要的是,变得更好一些

皮洛遗址

石头是落到身边的星星
星星是激烈敲打中醒来的石头

那个时代最骄傲的人
在黑暗中登上了青藏高原

这是石头和星星互换位置的地方
也是人类和神互换位置的地方

更好的生活,来自星星
更来自永不停息的磨制

如何敲打一个词,让它露出裂缝
露出里面的星光?

如何磨制一个句子,让它拥有蛇形或豹形
拥有河流的从容转弯?

我们的语言、音乐,感受美的能力
来自星星,更来自永不停息的敲打

我们今天的一切
在那个海拔，那个时刻，已开始磨制

给

一首未写完的诗
并不拥有完整、坚实的边界
一个未完成的人也是这样

像大海有着众多的缺口
一直在流失、蒸发
一直有河流在补充

一定有某些事物
在内心深处
抗拒着被完成,抗拒着被确定

像河水摸索着新的河床
像湖面晃动着新的湖岸

我们在未完成中移动
我们依赖众多的缺口
存在至今

尖峰岭

月亮光临时
我会停止前行
在通天树下久久伫立

让那些伴随我多年的轻盈事物
顺着笔直的树干上升

我用这种方法
脱离了写过的诗
它们像一串气泡
向水面飘去

在其他地方我都是波涛
是气泡

只有在这里
我是结实的湖底
是水下苍白的山丘

略略透明
是所有上升事物蜕下的壳

夕阳赋

湖一直在向后退
交出那排柳树,继而是树根缠绕的湖岸
像一个车站,把四通八达的铁轨
慢慢缩回自己内部

到低洼处去,到更低洼处去
仿佛黄昏中的老人
走下山坡,走向村庄
这还不够,他得继续
透明的牛群跟在他的身后
朝着幽暗的地下室

湖一直在后退,我每回忆一次
它就后退几米
现在,它默默地靠着我——
这最后的湖岸
我们交出的一切已消失不见

夕阳西沉,谁还在稿笺里删着
在大地上删着
我抵抗着,后退着,喃喃自语着

像一个湖,像一个车站
正努力把更多的牛群、铁轨
收回心中

给

比起永恒的事物来
我更迷恋月亮生锈的过程
那砍伐桂花树的斧头
也在生锈,在失去重量
失去边缘
那还在挥舞的手
时而合拢,时而分开
已不像是砍伐,像是某支神秘的乐曲
过渡到这双手上
暂时由它指挥
生锈或类似生锈的事情
一直在重新定义世界,定义生活
我的笔在生锈,我们的爱也如此
终于,一切陌生得令人惊慌
长夜迟滞,不要说砍伐
连完整描述一株桂花树
都变得十分困难

观平阳书法展

提笔使人苍老
一座山峰提到纸上
须用半生的树林和悬崖

一条野河提到空中
须以肉身为床

案上为笔,手里为篙
只有提笔之人
能见前路的滔天巨浪

提起,就离开所有的岸
此去莫测,不言归途

在宜昌艺术小镇,谈及写作

不只是爱,所有的咒骂和哭泣
都是在赞美
遭遇的世道,不过是又一个矿井
阴郁的念想——一辆辆矿车缓缓行驶

都是矿,都是不同颜色的矿
足够愤怒的,适合做骨头
足够沉醉的,适合做皮毛
唯有甜美毫无用处

把骑过的浪花,还给大海
把藏好的星光,还给天空
可以把你,也还给你吗?
你犹豫时,它们突然有了新的形状

我在窗前敲打键盘
像晨光里的马厩,仿佛有马蹄声
仿佛又有一匹马
从黑暗深处被牵了出来

在北温泉,茶会闻《碧涧流泉》

以昨日为琴,可得寂静
以昨日为山,可得荆棘

我们走过的路,握在谁的手中?
又将为谁停止轰鸣?

萦绕心间的,总会破云而出
获得自己的万丈绝壁

从遗忘的深涧中涌出的
是百年前的泉,还是今晨的露?

残破南宋收进一册琴谱
苍翠缙云倾泻而下

我的杯盏里,浮着北海的船
南山的樱花……

云游万里,幸有荆棘提醒
肉身还在北碚

李元胜

1963年生,诗人、博物旅行家。
1983年毕业于重庆大学电机专业。
1985年开始媒体人生涯,2015年起专事写作。
现为重庆市作家协会副主席、中国作家协会诗歌委员会委员。曾获人民文学奖、十月文学奖。
诗集《无限事》获鲁迅文学奖。诗集《我想和你虚度时光》广受读者喜爱。

渡过自己的海底

作者_李元胜

产品经理_段冶　装帧设计_付诗意　技术编辑_丁占旭
责任印制_杨景依　出品人_曹俊然

鸣谢

蔡晶晶

果麦
www.guomai.cn

以微小的力量推动文明

图书在版编目（CIP）数据

渡过自己的海底 / 李元胜著. -- 西安：太白文艺出版社，2024. 6. -- ISBN 978-7-5513-2652-0

Ⅰ. I227

中国国家版本馆CIP数据核字第202446KT02号

渡过自己的海底
DUGUO ZIJI DE HAIDI

作　　者	李元胜
责任编辑	戴笑诺　蔡晶晶
装帧设计	付诗意
出版发行	太白文艺出版社
经　　销	新华书店
印　　刷	河北尚唐印刷包装有限公司
开　　本	787mm×1092mm　1/32
字　　数	88千字
印　　张	6.25
版　　次	2024年6月第1版
印　　次	2024年6月第1次印刷
印　　数	1—6,500
书　　号	ISBN 978-7-5513-2652-0
定　　价	59.80元

版权所有 翻印必究
如有印装质量问题，可寄出版社印制部调换
联系电话：029-81206800
出版社地址：西安市曲江新区登高路1388号（邮编：710061）
营销中心电话：029-87277748　029-87217872